詩集

# 12色のクレヨン

星田桜
Hoshida Sakura

文芸社

# 目次

# 詩集　12色のクレヨン

# たんぽぽの親子

声だけきこえる　お母さんの声が
「よちよち　かわいい子供達　めんこ　めんこ　そろそろ　おそとへ
　おめみえよ」
「ゆっくり　ゆっくり　おでましよ　お尻が白くて　ふさふさ
　かわいい子供達　私が一生懸命育てます」
おぎゃー　おぎゃー　まぶしい
おぎゃー　おぎゃー　白いおっぱい　たくさんちょうだい
「はいはい　太い茎から　いっぱい　おっぱいだしますよ」
お母さんの　声は　きこえるけど　お顔がみえない

どんな　おめめしてるのかなあ
「お母さんの顔は　あなたたち　そのものよ
たくさんの子供達が　わたしの　顔よ」
「ふさふさの　ぼんぼりになったら　あなた達は　旅立つのです
一人一人　ばらばらに……　そして　同じく子供を育てるの
お母さんになれるのよ、お顔が　みえない　お母さん」
綿毛になった子供達　ラッカサンの重りが茶色になり　風がじゃまをします
「あなたたちは　もう赤ちゃんじゃないの　お母さんとなっていくのよ」
「どこに　たどりつくか風しだい　でも　どこでもいいの　黄色い赤ちゃん
いっぱい頭につけて　たくさん　たくさん　お話してね」
「かわいい私の子供達　旅立ちの日がきたわね　くじけないで
どこにいっても咲いてみせてね」
お母さん　さようなら　いってきます

お母さんの　お顔
あなだらけ　あなだらけ
ありがとう　お母さん

# 以心伝心

何の　あてもなく歩きまわり
蝉の声が混ざり合う木陰に座り
ようやく　高い木の枝をみる
ザーザー　ジージージー
四方から競い合うように鳴いている
蝉は　この木を選んだ
この木の下で　ずーっと　ねむっていた
夏の真っ只中
この場所に　私を　ひきよせ

ひとときの場を　あたえてくれた
よかれと　やった　失敗で
また小さくなった　生きる意味
ため息を　つかれ　私のせいだと　心が凍る
蝉は　数日　鳴いて　命尽きて　ころげおち
あおむけに　空に　腹を　みせる
動かず　木にしがみつき　短く生きるのに
いま　この瞬間は
命の限りを　まだ　しってはいないのか
私には今　いき場がない
汗をかき　唾をのみ　目を鋭く
生きる意味を探し歩いている
心の波動で　話を　きいてほしい

私は　まちがっているのか
責められる程　だめな人間なのか
心を清く努めても　余計なことだと　きらわれる
こんな　私なんてと　くり返す
シーン　シーン　一斉に　鳴きやんだ
ザワザワザワと　葉が　さわぎ
風が　私の背中に　とどく
蝉だって　一生けん命　頑張っていても
鳥に食べられ　姿を消すのだ
何の弔いもなく　時は　流れていく
私も　そういう蝉でいいのだ
切々と　生きて　おもいっきり泣いて
いさぎよく　ぽろりと　おちる　蝉でいいのだ

また愛おしい蝉の鳴き声に包まれる

# 余計な石

何もできない母親だったけど
心は古い古い石碑のように
子供達の愛を刻んでいる
古く汚くもろい石碑でも
かかえてみると
ずっしりと重く冷たく
みにくい形の私の石碑です
だから　うけとってはもらえないのです
小さく　ないのですから

どこかへ　おかれ
また　風雨に身をさらすのです
でも　ずーっと永遠に
あなた達を祈っている
余計な石なのです

# 道

なぜ　ここを歩いているのだろう
小雨に濡れて　なぜ　こうすることを選んだのだろう
眠たさを堪えて　ふらふらなのに
水たまりだらけの川縁のサイクリングロードを
靴を　濡らして　歩いている
原っぱや　土手を　埋めつくした
紫の花は　きれいに　刈りとられ
三分刈りの枯れた草花の跡から　か細く虫が鳴く
私は何を求めているのだろうか

何が　この一本道を選ばせたのか
珍しく　すずめが集団で虫を　つついている
私より素直な生き方にみえた
左手にひとつ　石碑のような　風格の石が　私をみている
特に目的もなく　四冊の本を　背負って
ページを捲る　場所を　探している
こたえは　ないだろう
いつも消極的で迷うから　またこうして
信号機に左右されない　ひと気のない場所に　おき
車を　上に見る　わずかな自由
土や虫に目を向けて　夏に散った
小さな赤い葉っぱを　胸のポケットに　入れた
二羽の立ちすくんでいる　カラスに

道

淋しくないかい　淋しくないかい　と　目に話す
はたして　これが　無意味な時間で　さまよっているのか
空虚な心と　対話した
生きる喜びは　ただ一言の相づちと
頬の緩んだ　微笑み
それだけで　すばらしいのに
先の　みえない　一歩が　足を　動かす
今日　私は　この道を　選んだ
この場所を選んだ
曇り空に　ぼやけて　白い太陽がみえた
アリは必死で　水たまりを　渡りきった

# ま

ま　なぜかほっとする音
　　数秒間の両目の開き
ま　たまたま身をひそめた
　　空間の安堵
ま　集中し
　　姿勢を正し　挑戦する
　　ひたむきさの　爆発
ま　一息ついて　ちょっと　がまんした
心のリズム

三次元の　この現実に
生きる　全ての　必要不可欠
改まって　つくるものでもなく
ただ前向きにやってくる
ま　その時　遅かったり
　　活発だったり
　　きょろ　きょろ迷ったり　　でも

ひつよう
だって　単なる落ちも偶然も
ひつよう　うけいれた
音と口を合わせた
おはやしに　度胸を重ね
外灯のスポットライトで

ま

握り　こぶしの　ときだって
充電　充電　くやしがらない
さいしょと　おわりと　まんなかの
なんとなく不恰好《ぶかっこう》な
ま

まっ　こんな　ところで
どうにか　なるさ

# アリの家

青空に　白い子犬が　一匹
散歩し　光がさして
ベランダの手摺《す》りの下に
融けた雪の　ビルや　民家が　横に並んだ
なんとなく　かわいらしい　小さな　街並みに
アリの　ような　人達が
平凡に　暮らしているように　みえてしまった
実は　人々が　つくった営みの
家や　灯も　神様が

雪の　ように　サイコロを　振って
このように　おつくりに　なったのだろうか
昨夜の嵐が　すぎるまで
じーっと　こらえた　私が
雪の家の中にいようとも
刻々と　静けさの流れに
生きているんだと
澄んだ　空で　遊ぶ
無邪気な雲を　みていたら
自然にそう思えてしまった

# ひとさし指

時間が　せまる
流れる群れに　はやくしてよー　と　水に　おこった
エレベーターで　接触わるいんじゃないの　と　三回押した
どこを　押せば　いいんだよ　と　むずかしいトイレで
とまどった
むかし　むかし　ひとさし指の　強さはなかった
最初から　全て　人間が　やるしかなかった
頭で考え　時をまち　仲間と相談し
自然と会話し　神に祈った

汗をかき　体を汚し
食べるため　生きるため　命を　つないだ
頭と心と体が　ボタンに変わってから人間は
時をまつのを忘れた
はやければ偉いと教わった
機械であるボタンは
人間の心の中まで届かなかった
その為　ボタン　ひとつに　左右され
どちらともつかない　のんびり屋や
虫と遊ぶ幼き心をもつ　手足を伸ばした人々が
虫といっしょに　へっていった
淋しいな　淋しいな
むなしいな　むなしいな

今日も　ざわつく　世界で
ひとさし指で　ボタンを　おす　一日がはじまる

# 賢明って難しいけど

今を不幸と考えた時
昔のやさしくしてもらったことを数えるといい
抵抗しないほうがいいよ
だってそれは今のことで
複雑な網の目で　こうなったのだけれど
数えてごらん　よくしてもらったことを
ここで自分を　たてたって　無駄みたいだよ　たぶん
守ったところで　苦しみは消えないと思うし
唇がへの字になるよ

スマイル　みたく　ほほえんで
ききながして　水の一部に　なるんだ
だって　みんな　全部　わるい人なんか　いないからね
言葉が　きついだけ
やっつけられても　責められても　攻撃されても
私は　それでも　生きてるよって
一人でも　人の為になるように　頑張ってるよって
背中をみせるんだ　それだけでいい
カッコいいじゃないか　素敵じゃないか
けっこう　いわれていたほうが　カッコいいじゃないか
でも　私は　生きてるよ　ばかに見える私が
生きてるのが　わるいかって
心は天に通じるように

手探りで努力しているんだって
かるく　ほほえんで　身を　風に　まかせよう
けっきょく　わかってもらえないかも　しれない
誰かと比較されて　ほめられないと　思う
悲しいことだけど
みえないものは　みえないわけで　しってもらわなくていいんだ
一人ぼっちだけど
みんなにわかってもらえるだけの
人間としての資格は　自分には　あるかって考えたら
こたえは　でるよね
一日が短い一生だと　考えたら　その一日を
賢明に　生きなきゃいけないんだなあ
この歳で　ようやくわかったよ

# 月の涙

天に散った学徒兵たちよ
いま　どこで眠っているのか
私は　あなた達を　しらない
しかし　12色のクレパスを　みた
無言館で　ガラス越しでみた
私は今11月の青空に
雲の固まりから二人の兵士が撃たれて倒れたのをみた
生まれた時は　かわいい体で　大事にされたのに
その肉体を傷つけられた

クレパスと銃を持って異国で倒れた
大切に大切につかっていた12色と体が入れ替わった
空の彼方で仰向けに目をしっかり閉じて眠っているのか……
何もいわない　口を閉じたまま姿もみせない
急に　白い雲の大陸が薄赤色に染まった
そして　ふたつの　手を　重ね　口を　かすかに　開《あ》けて
上を向いてねた　釈迦像がいた
指の先が伸びて中指と薬指を軽く曲げた
山のないところに青黒い山脈が　いつのまにかでき
頭から山へと繋がった
その霞《かすみ》で丸みを帯びた乳飲み子の手に
でんでん太鼓を握った　寝顔になった
泣きもせず　深く目を窪《くぼ》め眠っていた

その幼き大陸の体を　容赦なく
12色を混ぜた水の色が四方から染《し》み込んで
灰色に塗り替えられた
やがて日が沈み　夜空になった　その場所に
何もかも　みてきた満月が
黄色い光で川面《かわも》を　照らし
兵たいさんは　どこへいったの　と　たずねたら
流れた　綿《わた》の雲に　かくれては
涙を　ふいた

# 宙づりの笑み

雨が乾いた墨汁の闇の空に
純白の　大きな九日月が
つまずきかけて　下をみた
背中にしょった　うさぎが肥えて
夜中の零時
低いところで　傾いた
格別な黒と　月に映える
白い光の煙をみて
このまま　ストン　と　落ちるのかと

心配したら
平べったい夜空に
宙づりの半月が
にたっと　にが笑いした

## カルシウムのやりとり

いろいろあるよね
仕方　ないよね
いろいろと難しいからね
これで心が　スッキリした
負の言葉が詰まって重かった体が
この一行一行の言葉で溶けてった
頑張るにも限界がある
自分を　痛めてしまう
でも　それ以上を望む

無神経な言葉でつまずいた
どれだけ身体《からだ》を　ほっといたか
人は　たんぱく質と　水の流体で
さいごは　白いカルシウムと化す
一皮むけば　生きていたって
着ぐるみを　はがすと
レントゲンでは　そう写る
しゃれこうべが　しゃれこうべに
言葉を　投げかけているわけだ
もう何も　はがすものが　ないんだよ
それ以上を　望むのなら
あんまりにも　かわいそうじゃないか

# 12色のクレヨン

神様が天使たちに12色のクレヨンをわたした
「人々が　幸せになる色を　与えてくるのです
３６５日たったら　天に帰ってくるのです」
「あなたは赤を　子供のホッペに　赤く生き生きと
希望が　みえるように」
「あなたは緑を　人々に食物と
澄んだ空気を与えなさい」
「あなたは青を　どこまでも　つづく
平和の心を　つくりなさい」

「あなたは白を　雲のように　形が変化しても
純粋な心を　もつように」
「あなたは黄色を　太陽の恵みで　果実や稲を実らせ
人々を生かすのです」
「あなたは黒を　黒は決して　暗くはない　みえないものが　みえるのです
夜空に　小さな小さな星が　映えるように」
「あなたは茶色を　土の色　大地の色を
すべての生物を　支えるのです」
「あなたは　だいだい色を　あまくて　すっぱい食物を
熟した季節を味わわせるのです」
「あなたは　ピンクを　生まれてまもない　赤ちゃんの肌のように
ういういしさと　ちょっぴり　もろさの真実を　教えるのです」
「あなたは灰色を　人々の命をつなぐため家になるのです

道になるのです　決して争わないように　幸せにするのです」
「あなたは　むらさき色を　雨のしずくを浴びながらも
耐え忍ぶ花を咲かせるのです」
「あなたは　ベージュを　やさしく　人々を　包みこむのです
生きる勇気を感じさせるのです」
クレヨンのペンダントを首にさげ
天使たちは　空から　おりて　ゆきました
緑の山をつくり
青い青い空をつくり　海をつくり
花をつくり　麦をつくり
くだものを　実らせました

人々は暮らしはじめました

家を　たてました
道を　つくりました
12色のクレヨンは大忙しです
緑色と青色のクレヨンは　もう半分に　なってしまいました
太陽が　熱く　熱くなって
赤色と　黄色のクレヨンも　半分に　なってしまいました
くだものが実り　だいだい色や茶色のクレヨンは
つぎからつぎと　色をぬりました

人々は　幸せになりました
でも　その裏側の国では　困った人々が　たくさんいました
「いそいで　みんなを　たすけよう」
灰色の空を青く塗りました

黒い土の上に　茶色を　まぜました
かわいいピンクの花を　山の頂上にも咲かせました。
やがて　土を掘り起こし　葉っぱから　白やむらさきの花が咲き
根に　まるい　食物ができました
肌が　どんな色の人々も　皆
赤い血を流すことなく
幸せになれるように
12色のクレヨンは　またまた大忙しです
とうとう7色のクレヨンは　かけらに　なってしまいました
神様からの　約束の日がやってきました
12色のクレヨンの天使は　一斉に天に　昇ります
7色のクレヨンは　もう力つきて
虹の　アーチを　えがいて　消えてしまいました

# 人の言葉が　きになって

こんなにがんばっているのに
それが中途半端でだめなら
びくびくして　それで苦しみ　時間ばかり　たっていくのなら
とことん　ばかになって　やりたいことを　やるんだ
いいだけ　いわせておけば　好きなことができる
よーするに　知らないうちに　時がくれば
事が逆転することがあるからだ
人間は　だれだって　他人の不幸が　おもしろい
人が苦しんでいるのをみて　かってに

そのあと　あーなるだろう　こうなるだろう　アハハッ　と
ニヤッ　と　笑っているのだ
親身になって話をきいてくれ　そのとおりにしたとしても
お互い　肝心なことや　いいたくないことは　避けてるわけで
けっきょく　苦しむのは　自分自身
心の本当の叫びに従《したが》えば　よかったと
必ず　後悔《こうかい》する　一生後悔する
幾千年も前から人の心なんて　進化なんかしないんだ　変わらないんだ
根本たる　自分自身の　正直な心の叫びが正しいのだ
人間は何度も　過《あやま》ちを　おかす
文化的な　要素を　とってつけて　外見を整えたところで
心に栄養は　とどかない
むしろ　負の世界に　おかれた方が　ありがたみや　感謝や

謙虚な心が　つちかわれるかもしれない
だからといって　その道に　すすんでなる奴はいないが
一度でも　ひきざんの　つらく淋しい経験をした方が
残された時間を　どう生きていくかと問いながら
やがてくる　死にむかっていける
いつの時代も　若者は　かわいそうだ
貧しくて　飢《う》えているのだ
栄養的に浸《ひた》った　多勢の人の犠牲になっている
寒い部屋で勉強していても　カップめんばかりでも
だら銭しか残っていなくても
守られた　老人といえば　暖かい部屋で　厚着をすれば
カゼをひくなどと迷っている　三度白い飯が食える
若者を　あてにして　老人を　たてている

戦争だって　犠牲になるのは　若者だ
社会の中でも　若いからと　光っては　いられない
原石のダイヤを　みがかない　みがけない
だから　人の幸せが　おもしろくない
ばばあやじじいで頭角を　あらわされると　悔しくなる　不公平だ
だれもが心のどこかで　人の幸せが　にがてなのだ

いいかい　とことんきらわれ　ぐちを　たたかれて
そうだ　そうなんだよ
好きなことをするといい　考えたことをするんだ
元々　人間は　人の不幸が好きなんだから
自分を　殺すなよ
自身を　いたわって　この先　前へ　すすめるか？

最後には　自分を愛せるか
これこそ　人間の姿
人の一生の姿かも　しれないぞ
むだぐち　たたかず　前へ　すすめ　自分のために

# ブドウ

つんである箱を前後して
みため大粒で黒々と光る
ブドウを選んで買い
その中の　ひと房を流水で洗い
ひと粒　ひと粒　ぬるい甘さを
まんぞくに
皮の汁まで　前歯と舌で
ずらして　のみこみ
房を裏返してみたところ

ブドウ

下の方に　ぬれた　くもの巣が
糸状になって　まわりの粒の奥に
すみついていたのをみて
一気に不機嫌になり
ひとさし指と親指で　失敗したと
流しのゴミ入れに捨て
神経質な目つきで
身ぶるいして水あらいし
ゲンメツした気分が　たぶん
私の「かわりないかい」という電話と
同じくらいのテンションに違いないと
思ってしまう
ブドウの一粒一粒が自分でつくりあげた

味の数々ならば　無礼に　こっそり
くもの巣を張るやっかいもののしわざが
私の愛情が裏目にでた
悲しい結果なのだ

# ざんげ

あとで考えたら
どうでも　いいことだった
ひとりでなんて　だいそれたこと
できないのに
キセキを　信じていた
人の心は動かせない
時の流れが　かわっていくから
どうでも　いいことだった
名もしれぬ花で　小さく　ゆれて

咲いていれば　よかった
種もとばさず
根を張る草であるべきだった
しゃべれない　書けない
もういない昔の人の
写真であるべきだった
四コマ漫画の中の
ペットでいるべきだった
それだったら
にくまれない　すんだ心の　ままだった
しばらく　倒れたままの
自転車でいるべきだった
人の人生

信じて　まえをむいていればよかった

# 犬に変身

どうしようもなくなったとき
かしこい犬に　なることだ
そのほうが　ずっと
立派な生きかただ
じたばたする
柵の中の小動物になり
心を浪費し　力つきて
短く今を築きあげるより
黒くて深い瞳で　犬になり

# 犬に変身

にぎりこぶしで道を踏み
地面に頭をふり
しっぽを　ゆらし
はずかしい　おしりを　かくさず
かたることを　せず
切に生きる
犬でありたいと
かるく　うなずいた

## 安らぎ

眠れないとき　深夜の
ラジオを布とんの中で聴く
ここで一曲と　ゆるいテンポのギターの流れで
夜の東京の情景の中にいた
浅草近くの隅田川の橋を渡る
緑っぽい　欄干の　手すりの　ほこりになって
明るい夜の　都会へ
とけこんでいたいと　思った
また　しばらく　歩くと

安らぎ

名前は　わからないが
濁った　やせた川の　ヘドロの　砂になって
道ゆく人達を　ながめていたいと　思った
孤独を感じさせない
冷ややかな無神経さに
慣れているのか　たんたんと　進んでいくしかない
強さを川縁から　みつめる
ひと　ひと　一人　一人が　渡って
家路へ　向かう
ほこりの　ひとつ
砂の　ひとつぶになって
なぜか安堵感を
こうしてまでも　感じたいのだ

# 人形の母

色が剥げた古い木の人形で
遠くの息子のドアに立った
ひとまわり　小さくなった　母
頭に　ちょこんと　帽子を　のせた
みすぼらしい身なり
母はこれが最後かと思ってきたのだ
真横にのびた鼻
年輪の頬
右目だけ白と青で雑に塗った

貧乏な顔
靴を脱いだだけで満足で
両手の荷物を　おいた
テーブルに　食べものは　出ていなかった
6時間まえまで　働いていたのに
空を　とんだ　旅で　ここまできた
ワイシャツと　ズボンの土産を　わたした
ピノキオの鼻が小さく縮み
年輪がシワになり
照明を眩しがる　窪んだ目に　かわった
わざと　散らかしてくれていたのか
汚れた部屋に
来たかいがあったと　後悔しなかった

ヨレヨレのコートを脱いで
忙しいのに　来てごめんね　と　笑って
息子の　顔を　みた

# 羊

あなたは食事をもりつけ　お皿を洗い
いい人かも　しれませんけど
人の心の　羊の気持ちは　わかるでしょうか
メーメーとしか　ことばをえらべず　主人にしたがい
神につかえ　不平を　いわず
大地の恵みの　ただ同然の草をたべ
満足に目を細め
リズミカルに　一日を終える
羊の気持ちは　わかるでしょうか

夜になれば　月の影の　もう一人をみて
太陽の日差しのまぶしさで　うつむき歩き
自分の影すらわからず
一歩一歩かみしめて今日を生きる
羊で　生きる
羊の　赤い肉の　かたまり
魂の　かたまり
煮こまれ　ローストされ
食卓を　かざり　赤い血に　なり
ちぢれた毛は刈り取られ
からだを　おおい　冬に　うちかつ糸となる
弱き集団の　ひとつの　たまものなのです
それでも羊は

ずーっと　ずーっと　わらっているのです

# 時をたす

今日は　どんな一日に　なるんだろう
笑い　あいさつ　礼節　すわった心
はずかしい一日だったら
寿命が反省の日に　かわる
勘違いして　ヘマしても
何もなくても　ただ精一杯で
他人に　ばかに　みられても
後になって　納得のいく
共生の生き方が　できたなら

与えられた寿命が
価値のある　時の積み重ねになる
自分のため
人の　ため
自然のため
ちっぽけな　力だけど
大きな繋がりの
道を　さがして歩くんだ

# 汗の涙

私の歩く黒い空に　赤い星が近づいた
次にみた日は黄色く光り
そして今日　白く　輝く　星をみた
真上に　三日月の朧月
労働という　先のみえない　モヤに包まれた
息子の心に　思えた
近づいても近づいても
無言の星は遠くのまんま
私に微笑みのない淋しい光を放つだけ

余計な親心が　愛するゆえに
両手を広げず　つき放し
思い　とどめ　苦しめたのなら
揺れる　まばたきの星で
私に何を語るのか
母の涙が湧き上がる
方向を変え別の空に向かう私の背中をみている
もう星はいないだろうと
ビルの間を探したら
ちらりと一度　姿があった
やさしい息子だから
心が通じているのかと胸が　あつくなる
私は　身近に心を　許せる友はいない

いつも　空に　友を求めている
まだ　暗い　今日の　はじまり
仕事場の前に立つ
胃の中の牛乳と薬が体を焼やし
時間に追われ　働くのだ
息子と違う仕事の
汗の涙を　ながすんだ

# 最上階から

雲の上で
最上階の満天の星と
まぶしい月に照らされて
いごこちのいい　綿《わた》の布団で
過去を　なつかしみ
愛するものを　なつかしみ
星を　みつめ　会えない　おもいを
月と　はなし
ここは　天国　ひとりぼっちの天国なれど

幸せ　幸せ　なぜか　わらっている
雲を　はだしで　かけまわり
ただ　ひとり　空に　ひとり
思い出を　おみやげに　あたえられ
涙　かれて　さまよう
わが子を　おもい
わが子を　おもい
幸せを　願って

# よいしょ　よいしょ

よいしょ　よいしょ
どっこいしょ　どっこいしょ
おっとっとっと　あったったったった
よろよろ　たたたた
ふらふら　くるくる
たてに　よこに　うらに　おもてに
もちかえる
でっかい　むしの　ごちそうだ
たすけて　おなじ　なかまだろう

いやいや　おもそう　やめとくよ
そうれ　そうれ　ばかぢから
ポン　と　そばまで　とばしたよ
やれやれ　やっぱり　てつだおう
まえに　よこに　どっち　どっち
あっちだってば　いや　こっちだよ
おちつけ　おちつけ
ぼくは　まえ　きみうしろ
いいかい　いっちにの　さん　それ
いっちにー　いっちにー
あしなみそろえ
きのねや　おちばを　のりこえて
じょおうさまに　プレゼント

はたらきものの　ありだから
こんなことは　へっちゃら　さ

よいしょ　よいしょ

# つめたい羽

さむい　さむい　秋の風
つめたい雨で　雨で　雨で
道路に　おちた
もう　がんばれなかった
夜　夜　夜　暗い夜
せんべいに　乾いた　羽を　震わせた
もう　とべないのに
風のいじわる　もう　とべないんだよ
ここで　おわり　セメントの　つめたい布とんで

かれていく　かれていく
みてみぬふりの　ひと　ひと　ひと
とりあえず　の　トンボの　すがた
さわるに　さわれぬ　よごれた　からだ
色が　ぬけおち
冬の　冬の　冬の　長い冬の
アリの　エサに　なるだろう
とっくに　とっくに　死んでいる
せめて　せめて　さいごは
命を　あたえて　幸せだと
ふかく　ふかく　おくの　おくまで
めをつぶっているよ

## 顔を探す

きらわれた　母の私が　買い物帰り
やっぱり声が　ききたいと
携帯を発信した
ずーっと　会っていない　この時間なら
ポン
プープープープープー
あっ　まただ　やめとこうか
プチッ
いそがしいんだなあ

うそでもいいから　またかけるっていってほしいな
１Ｆの玄関のエレベーターを　おした
黄色の数字が　息子の顔に　みえた
５Ｆ　あっ　でんわ　くれたの？
４Ｆ　ごめん　でられなかったんだ
３Ｆ　わるいことしたね　げんき？
２Ｆ　こんど　ゆっくり　はなそうね
１Ｆ　そして現実に　もどった
期待したぶん胸につっかえ
60才の　うつろな目になる

# さびしい　しあわせ

わたしが　しあわせそうにしているのは
あさ　コップ一杯の　小麦粉で
おいしい　パンケーキが　たべられたから
あとは　パーフェクトじゃないけど
さじ　半分のバターと　上から細く線をひいた
ハチミツで　じゅうぶん　しあわせで
たまっていた　疲れが
もうちょっと　横になりなさいって　わたしの　だれかが　いったから
もう　それはもう　ふとんの中で

こんな　しあわせ　ぜいたくなんて　しあわせの絶頂にいたわ
でも　そんな　いきいきした　わたしに　みえた　わたしの　かおを
こばむ人がいる
あっ　またやられたって　おもうのね
しあわせは　ながくつづかない　ほんの　数時間で　おわるんだと教えられる
なみだ　でることは　いっぱいあるの
もう　若くはないから　とことん耐えている
若いときは　ばかだったから　正直に　いきたつもりでも
まわりに　おだてられ　ばかをみたり
はずかしいことが　つっかえて　のこっている
攻撃されない人って
どこか　ちらりと　こわい　かおを　もっている
わたしと　どこが　ちがうのだろうか

そんな　ことを　おもうと
さびしい　さびしい

# 黄色い銀杏

しかめっつら　眉間《みけん》に　しわ
天気はいい　秋晴れに気づく
きいろ帽の　保育園の散歩と　すれ違う
おむつのあとが　もりあがって
まぶしい顔して　てを繋いでる
かわいいな　小さいのに　がんばってるね
唇《くちびる》に　力を　入れる
でも　まだ　淋しい
自分の世界に　はまってしまった

私は　ひとり　と　呟《つぶや》くと
つるの　ながい　銀杏が　歩道の影に
若い　黄色で映えていた
ようやく　ほっぺが　緩《ゆる》み　ほっとして
深い呼吸になれた
でも　銀杏そのものは
命が　途絶えた　可哀想な　存在なのに
例えば　もう動かない　赤とんぼや
季節はずれの　幼い　モンキチョウが
狂った　落葉のように　うまく翔べないのをみていたら
ほほえまないだろうに
私も　つるから落ちた　銀杏で　道端に眠るのを
誰かが見て　ほっとしているのだろうか

銀杏の黄色に魅せられて
命の深さに　入っていけなかった

# 黙って勝つ

日の出の時刻になった
低い雲が　だいだい色の瞳に　まけそうだ
夜明けの空に　平和な眠りの雲が
産気づいた　朝の気配に抵抗する
あなたの光で　私の薄衣に影ができ
空を　ひとりじめしようとしている
それならば　その光で寄せられた分身と
ひとつに　なって　おさえてしまおう
まるい赤子が光と共に生まれ

近寄った雲に　おはようといった
今だ　覆いかくせ
それでも太陽は黙って光っている
まけて　なるものか
まわりの雲も仲間をよんでやってきた
ここにいるはずなのに　手応えがなく
雲はすっとんきょうで
遠いところから　ただ笑っている　太陽を　みた
ただ　ただ　上に　昇っていくだけなのに
どれも　これも　五本の指に　ばらされて
今日も　まけて　空にとけた

# 余白の5文字

ありがたい
まもってね
まもってる
よくやった
やりぬいた
つらかった
生きてきた
生きるんだ
ころんでも

なにくそと
まえむきに
5文字の　ちからで
ふんばって
あたらしい
うつくしい
ありがとう
きれいだね
やさしいね
ゆめみたい
ついてるね
いやされる
がんばって

かなしいな
せつないな
いじわるね
つめたいね
うそつきね
心が弱っても
笑おうね
微笑んで
責めないで
立ち直る

# Wワーク

きがつけば
この　かわりはてた爪
おや指は　茶に　変色し
ひとさし指は
爪のはえぎわから縦にひびわれ
じんじん痛む
きょうは　菊の花五本
あすは　カーネーションと
いつかくるであろう　父と母の

ふたつの祭壇を飾るため
夜明け前から家を出る
白い布のふたつの祭壇
まだ　お花が　ひとつあるばかり
この先　どこまで飾れるのやら
まだ四時すぎだよ
父さん　母さん
ふたつの　老人ホームで
あさまで　ぐっすり　ねていてね
安心して　ねていてね
カットバンを　巻いた　指も
そう　いった

# いのちの　ながれ

ぼくは　工場で　たくさんの　機械にながされうまれた
はでな色の　文字や　数字で飾られて
さあ　いってこいと　箱に　つめられ　トラックに　揺れた
無造作に積まれ
何度も人の手で移動して
ようやく　高い位置に並べられた
すこし　隙間が　空いた
いちばん　奥に　立っているから　焦ってしまう
いちど　触られたから　倒れてしまった

すどおり　された
期間限定で
タイムリミットの鼓動が高鳴る
けっきょく残った　ぼくは
赤いシールの　レッテルを貼られ
黒いワゴンに　ちがう奴と　立ちすくんだ
正直　おいしいか　どうかわからない
体の中は　まだ　あたらしいのに
手にとってもらえなかった
ピッ　と　オレンジの光を浴びて
廃棄箱へ　捨てられた
バーコードの　ぼくの番号は　残った
ぼくは　まだ　若かった

# ハマナスの種

私は分類されて分別される
それは静かな花びらの　しなやかさでもなく
北に咲く花の　代表でもなく
バラよりも　地味で　みなれた花で
からだに　とげがあるから
この夏が　最後の命と　わかった
みつばちや　くまんばち　もんしろちょうと　わかれを　つげた
悲しいから　空を　見上げられない
ただ　ただ　うつむいて涙をぬぐっている

臆病で　このまま　もう　あきらめて
花を　おとすと　笑うでしょう
道端で　私や仲間は　ずーっと　ここで咲いていた
雪が　とけて春になると
また強く咲いていた
太陽が　まぶしかった
小学校の片隅で　子供達を　みていて　幸せだった
とうとう　白い貼り紙が　からだに糸で　くくられた
とげが　通行の人に支障をきたし伐採されます　と
逃げることのできない　私に　人々は　横目で通りすぎた
何を　のこせるのか　そして　この　場所に
どんな　花が咲くのか　考える　余裕はない
私は　分別されて伐採された

もう最後　もう　おわり
わすれものしちゃった
ぷっくり　ふくらんだ
ハマナスの　2個の種

# 肉用馬

ママ　ぼくは　ずっと　ママの　そばに　いられるんだよね
それは　わからないわ
ママのおなかの中に　赤ちゃんがいる
みんな　みんな　いっしょに　いきていられるんだね
わからないわ

だからぼく　たくさん　たくさん　牧草を　たべて
牧場主の　いうこと　よくきいて
ママに　心配かけないように
立派な馬になるんだよ
だから　ずーっと　みていてね

そう　でも　わからないわ
みんなそう　この先　わからないの

ぼくは　男の子だから　ママをずーっと　たすけてやるよ

いいのよ　この先　わからないの

だから　ママ　ずーっと　ずーっと　ながいきしてね
ぼくも　ながいき　するからね
じゃあ　みんなと　あそんでくるよ

# ピンクのサイフ

おしゃれを　あきらめたら　太っちゃった
まいにち　現実的に　みえてきた
すきな人も　丸くしちゃった
丸く　丸く包んで　あんしんした
じぶんに　不足で
体ごと　体当たりで　うごきまわった　働いた
確かに　笑えた　うれしかったし
目から　口から　すべて笑った
これが幸せで　守られてるし

守っていると　きのうまで　おもっていた
服を一枚買った
口のあいた　くつを捨て　二足買った
あざだらけの　仕事を　変えた
両手で　丸々とした　愛に　近づいた
ガラスの　コップが　割れた
いまさら飾ったって　おそかった
自分に不足がつよすぎて
のこされたものは
割れたはずの　ガラスのコップと
思い出の　笑った　写真
安い香水を　時間を　かけて　えらんだ
シャドーも　ブルーに　変えた

さようなら
さようなら
おしゃれするの　ちょっと　おそかった　みたいだね
ピンクの　サイフが　だまってる

# それぞれの雪

私は　氷のように　硬い形になって
自然の強さを　教えてやるんだ
雪が　濃い　灰色の空から
家路に　人間を　走らせた
かわいそうじゃないか　私は　そこまでしないよ
冬の寒さに負けないよう
細かい粒になって逆風で斜めに体当たりしてやるのさ
それで人間は喜ぶの
もっと違う降りかたがあるんじゃないの

私は　しんしんと　大きな　ふわふわな綿になって
白い世界に輝きたいの
屋根に　たかく積もって　お日様を浴びたいわ
あなたは　どうするのよ
だまっていないで　いってごらん
ぼくは　人間の　ことまで考えないね
やせた雪で右や左に迷って飛んで
いやいや　地面に　おちていくよ
その時の　風にまかせるから
ひょんなことで　予想も　しないところに　いけるんだ
ゆっくり　ゆっくり　遊びながら　おちていくから
下ばかり　みないよ
人間を　標的にしない

心と一緒になって
くるくる回りながら
ここかなー　って　到着する
だから　すぐ　とけちゃうよ
訴えるものが　ないからね
できれば　人間の　手のひらの
あたたかい　ぬくもりで　とけることが
ぼくの理想だよ

# 2センチの髪と涙

あれからまた髪を染めたけど
最後にふたりで会った時と同じ色に決めて
しあわせそうに　おねがいしますって　いってみた
2センチ切って　整えたけど
あなたからメールがこない　あれきり　こない
写真は消せないけれど
ママだけに　つよがって　わがままsしてる
でも　ふとんの中では　涙でいっぱい
いっぱいなの　ひとりだから

ずーっと　いっしょにいたかった
あなたの　あとを　追っていきたかったし
いくつもりだった
どうしたらいいの
これから　どうしたらいいの
わたしは　ウエイトレスになった
あなたのもとへ　いつでも　いけるように
ウエイトレスになった
全てを投げすて
アルバイトで　いつでもいけるように
ウエイトレスになった
あまりにも　エプロンが　かわいそう
いらっしゃいませが　えがおでも

泣いているのよ　心が　はれつしそうなの
くるはずがない　スマホを　にぎりしめ
なみだ　にじませ
あすも　仕事と　エプロン　脱いでるの

# 再会

あなたに会いに　きたんです
ピッ　カシャッ　勇姿を　いただく
ピチピチ　チュッ　チュッ
すずめが真上に　まっすぐ　とまります
ゆーら　ひら　ひら
喜んで　七分咲きの　枝葉で　こたえます
松の木の　てっぺんで
とんびが　きょろ　きょろ　見張っています
どうやら　私と　おんなじで

ちやほやされる　あなたに嫉妬しているのでしょう
チチチチ　チチチッ
すずめだけが　あの枝の一部になって　遊んでる
カラスも　今だけ　気高く遠回りしていきました
鴨川の　橋の　たもとの　しだれ　桜
この青空は　去年と　似ています
ぴー　ひょろろー　ぴー　ひょろろー
やっぱり　とんびだ
羽をひろげ　空を舞った
すきみて　カラスが　三羽　風にしかられいっちゃった
しゃぼん玉が　空をうつして
ふわり　ふわり　みとれて　散った
待たせたと　桜の枝で

ぴーひょろろー　ぴーひょろろー
仲間が　空を　ななめにやってきて
あとに　つづいて　橋を　越えた
もう　そろそろ　帰ります
またきます
虫がじゃまして　片手で　さよなら
いつも　ここにいたいけど
私の思いが　あなたに伝わり
橋を歩く　息子を
毎日　みおくって下さいね

# 水の影に生きる

はっぱはしっていた
池の深い深い底までも
太い根がはり
水のゆらぎでほうぼうにのびる
木が潜《ひそ》んでいることを
風の気ままで
明日は我身で散ったなかまが
水の影の枝に生きた
はっぱはしっている

土の中にも命があり
生きるじゅんびの
根がはっていることを
みどりのままでは
わからなかった
木の一部で一望し
えらくもなんともないとわかった
枯れる命が当然で
土の中で生きると喜べた

# 一寸の虫

この孤独から私は何を得るのだろうか
訴えたいことを正直に表すことで
こうもやられるものなのか
元々人間は一本の
消化器管だけの生きものだったのではないか
それなのに　進化して　自然に根をはり
一番　いばっている
一人一人の歴史や家族構成
体の血の濃さ　皆が違う

それを直感的に　みて　判断し
罪とも感じない
私は完璧ではない
それと　苦悩の中でも　少なくとも
反省するに堪えない思い出が　いくつかある
一人の　人を　攻撃してはいけないのだ
とるに　足らないことや
見栄や快楽がちらつくと
大切なものを　失う
この封印された　煮詰まった心が
連鎖的に飛び火しないよう
静かに　静かに　自分と　むき合う
今は　今だけ

昔のことは　掘り出さない
これも　けっきょく
人を責めてるだけに　すぎなかった
過《あやま》ちは　一言からくる
過ちは　あとでは　はずかしいもの
感情を　おさえるのは　私はできない
自由でありたい
走りたい　歌いたい　しゃべりたい
おっちょこちょいで　滑稽《こっけい》でありたい
涙もろく　大泣きして
ごめんなさいと謝って　けろっとしたい
孤独から得るものなんて　あるのだろうか
そもそも同じくりかえしで　苦しんでいる

苦しさを感じ　負けをみとめて
内のつよさを　身につければ
大仏の銅像は
かわいいと　私をみてくれるだろうか
どんな立場でも　一日を反省し
それを　身につけることが
ひとつ得たものであったに違いない
みづのたたへの　ふかければ
おもてに　さわぐ　なみもなし
と　高橋元吉の
二行を思い出し
一寸の虫の魂が眠りにつく

# 水のささやき

池の橋の下に枯葉が浮いた
くらい夜だから　そーっと　そーっといきなさい
ぶつからないように
ゆっくり　ゆっくりいきなさい
だれも　みていないから
だれも　みていないから
のんびり　のんびりいきなさい
つめたい水で　こごえてしずまぬように
みんなと　ならんでいきなさい

はなればなれになっても
たどりついたら　また会えるから
たのしく　まえへ　すすみなさい
そして　いつか　水のことばになって
やさしく　ゆるやかに
葉っぱを　浮かせなさい

# 学歴コンプレックス

学問より　先に社会に出てみたが　世間《せけん》しらずで
うけることばかりで　隠れて涙す
いつか溜《た》まった膿《うみ》を　出してはみたが
若き日　戻らず
蝶に　野草に　蟻にと
弱き命を　みてあそび　あこがれた　校舎を前に
重き荷物いつか我の肉となれと
雲のわれめの青空　少しばかりみあげては
自分は　どうせ　この程度の　人間ならば

祈ったところで　つうじるものか
ただでさえ　いるのか　いないのか
いても　いなくても　弱いと　みなされ　引け目を感じ
命なんぼも欠けては治し
湿気《しけ》った眼を　うるうるさせた
よっぽど　よっぽど　我慢強くならなければ
きっと　消えていたろうに
幸せって　なんぞや
腹いっぱい　食べられて　ありがとうと　感謝をし
ぬくぬくと　厳寒も　夜どおし　残り火かかさず
それだけで充分なのだが
必死で　目の前の
薄き幸にしがみつき

ここぞと身を燃やしても
なぜか　やたらと　目立ち
しぐさの音すら　波風たたれ
ただ一直線に　ふかく　帽子を　被り
静かな　たましいで　歩くことに　追いやられる
それが　なんの足しになっているのだろうか
思えば無駄なことが多すぎた
このまま　もし　ゆく先で　命途絶えしも
何を　のこせるのやら
白い紙に　小さき鉛筆で　なぐり書きの
無学の我身　そのものは
何枚あろうが　捨てられるだろうに

# みえない顔

背中の顔が弱そうな人は　かわいそう
よけいなことまでしょわされる
どうぞ私でよかったらと
すきをみせる
瞳のまんまるい人は　かわいそう
さんかくの目のするどいオーラのせいで
蛇口が壊れる
自分では　みえない背中と
疑わない黒い瞳は

みえない顔

やさしさが負けて
弱い影をのこしてはじかれる
全ていい人なんているわけないが
弱いのに　強いものが　背中に嫉妬し
弱いのに　強いものが黒い瞳にあまえてる
それなのに　あなたは笑っている
やせてきたし　鼻にかかった声は
さいしょと　変わらないが
悔しい心でうつむいていた
黙々と　仕事をする背中と
にっこり笑った顔が
消されようとしているのなら
たしかに　私も　そうだよと

大粒の涙が　おちた

# 無垢の袖

白い絹のたもとをガラスのビルに
たたきつけて　こすりつけて
もんしろ蝶は
駅の裏口のビルに写る姿に恋をした
2ひきになって向かいあって　おどりましょうと
誘っても壁に　あたるだけ
でも　すぐ　そこにいるのよ
痛々しいほど狂ったように袖を振る
車と人と7月の炎天下の中

花もなければ　カラスさえ近づけない
都会の迷路
どこからきたのだろうか
いつまで体を打ちつけているのだろうか
その下を　棒の足で　歩く人々
せめて　せめて　羽根を痛めないで
草木のある場所を教えてあげたい
だって　今　私は　その場所にいってきたのだから
その壁だけで　おわってほしくないから
もう一度ふりむき　もがいている蝶をみた
そして人の流れで
駅の通路に　すいこまれた

# トランクと君

こういうこともあったね
私がアルバイトしたての頃
あなたは　正月明け　一人で帰った
13年前だね
これから帰るって
トランクひっぱり　コンビニへ入ってきた
派手なユニフォームの
私の前に立った
きをつけてね　と

店長をきにしながら
何も持たせず　小さく手を振った
硬い頬で　にこっと　淋しく　笑ったね
レジの窓から　体を横にふる
小さくなる背中をみて
しゃがんで涙を拭いた
袋で渡した
たった2万円も
家に帰って　べそかいて
名前を呼んだら
机の上に　おいてあった
あの日に帰って
ちゃんと持たせて　あげたかった

# 砂漠のロボット

あたまにネジをまきつけた
灰色の　小型ロボットが
異国の　広大な　砂漠に
ポツンと　砂嵐に　さらされ
体が埋まっていた
目をまわし　暑い　日中も
まっ暗な　寒い夜も
ずーっと　ずーっと　放置され
口をあけたまま

こわれたままで　いきていた
ラクダの行列が遠くをめざし　ゆったりと進む
また　気づかれずに　いってしまった
もう　ほとんど　死んだ顔で
空を向いていた
ずっしりな　重い砂に耐えて
顔だけで　たすけてほしいと　訴えていた
望みは　ないわけではないと
信じた　私の目の奥に　はっきりと
弱りきった息子の　ロボットをみた

# 月と荷馬車

こだかい山のふもとから　大きな　大きな　お月様の横を　二頭の馬が荷馬車をひいて　やってきました
だんだんと月が上にのぼり　白く　かがやくと
馬のからだは　ピカピカに輝いてみえ　頭を上下に振って　あるきつづけました
このまま　夜どおし　朝になっても　長い旅になるわけですから
こんな　きれいな　月をみる余裕など　ありませんでした
しかし　やさしい馬主の若者は　手綱《たづな》を引き　海のみえる浜辺で仮眠をとることにしました
波音と潮風がここちよく

「寒かったろう　疲れたろう　ゆっくりおやすみ」と　夜空から　こだまするように
　やさしさで包まれました
朝日がのぼるころ　馬も若者も目覚めました
また　一日の　はじまりです
空もあかるく　まぶしいくらい　雲のかたまりから　太陽の光が放たれました
若者は空を見上げ
「太陽さん　おはよう　私達は　今日も　道に向かってすすんでいきます　どうか
見守ってください」と
手を重ね祈りました
二頭の馬も　水と食べものを　いただき　大きな目でまばたきをして　天気のいい朝
を喜びました
さあ　また　出発です
ゆっくりではありますが　地面を　一歩　一歩　踏みしめていきます

なんと　のどかな　光景でしょう
草や花　鳥や昆虫　あらゆるすべてが　あたたかい心になっていきました
おだやかに　時は　流れました
いきづまって悩んでいる人も　ひとりぼっちのやせた老人も　おこってばかりの人も
　なぜか　馬の　ポック　ポック　ポックという足音に　平和を感じるのでした
さて　荷馬車の中には　何を　つんでいてどこへ運ぶのでしょうか
それは　水と　ほし草と　わずかな食料　そして
指輪の入った箱がひとつ
おわかりでしょうか　若者は　花よめさんを　むかえにいくのです
きっと　きっと　帰りの道のりは　愛にあふれ　馬の足どりも　もっと　かろやかで
　二人を歓迎して　のせていることでしょう
そして　どんなときも　月があり　太陽があり　感謝で守られ生きていくのでした

# ぶきような　くも

くもの巣を　うまく編めないから穴だらけ
もういいや　おなかへったけど　ひとねむりしよう
「あいつは　のろまで　ずーっと　はらをすかせているんだ　ほんとになまけ者だよ」
となりのくもは　きれいな網の目で　ちょうやトンボを　むしゃむしゃ食べて　でっかく太った
めを覚ましたくもは　遠くから　とんできたちょうが　にひき巣にひっかかり　びっくりした
「しめしめ」　でも　ちょうの叫び声がきこえた

「わたしは　たすからないから　あなたは　その大きな穴から逃げて　さあさあ　はやく」
とまどいながらも　ふらふら別れを　告げて　すこし弱ったちょうは　とんでいった
動けなくなるまで　まつんだ　にひきがいっぴきになったけど仕方ない
でも　やな場面みちゃったなー　生きるため　生きるため　むしゃむしゃむしゃ
次の日も網を張って獲物をまっていたけど　そんなこととして生きるのが辛くなった
もっと　ひろい世界には　ぼくと同じく命を奪って生きている仲間がたくさんいるはず　そうだ　旅にでよう
おなかから　糸をだして　風にのって　すーいすい　すーいすい
やせているから　ものすごく　高くとべたんだ
弱いものが食べられて　強いものが勝つようにできているんだ　だからぼくだって
気をつけないと食べられてしまう
風にのったくもは　とうとうもみじの木の枝に糸がからまって　ぶらさがってしまっ

た
その枝と枝の間に　小さなくもの巣を編んだ
そこへ　ふわり　ふわりと　ぼろぼろの羽のもんしろちょうが迷いこんで　はあはあ
はあと
息をきらせたとたん　片方の羽が網にひっかかってしまった
そして　力をだしきってこういった
「わたしは　いろんな旅をしてきたの　この　ふたつの白い羽で　ひらひらと　草原
や牧場や　車がびゅんびゅん走る大都会もいってみたの
そろそろ羽に力が　はいらなくなったとき　さいごに　かえるさんのように
池の蓮の葉に　のってみたいと　おもって　この木の下の池に　ようやく　たどりつ
いて蓮の葉にのってみたの　不思議よ　わたしがのっても　葉っぱは　浮いたまんま
　池に　わたしの姿が写ったの　ほんとうに　夢をかなえて　よかったわ　強いもの
が　弱いものを食べて生きるのよ　だから　わたしを食べて　生きのびて……」

「そんなこと　できるもんか」
「きみはなにを食べて　生きてきたんだい」
「…………」
「幼虫のときは　キャベツの葉っぱ　そして　ちょうになったら　お花のみつよ　甘くておいしいの」
「わかった　おなかへっているだろう　ちょっといってくるよ」
くもは木から降りて　いちまいの花びらを　糸でくくって　ちょうまで運んだ
ちょうは　それだけで　うれしかった。ちょうの横で花びらも揺《ゆ》れた
「ぼくは　いままで　なんとも　思わなかったんだ
ある日　楽しそうに　青空を　とんでいた　ちょうがにひき　ぼくの網に　ひっかかった。大きな穴から　いっぴきは出ようとした
もういっぴきは　動けないままで　いいから逃げなさいっていったんだ
それを　みたとたん　命の犠牲という大きな重みを　感じたんだ　ずしんとする

ずーっと心に残ったままの重みっていうのかなあ　でも　生きるため　そのちょうが動けなくなったあと　食べちゃった　きみは　強いものが　弱いものを食べる　そんなふうにできているんだって教えてくれたけど　ぼくは　とても辛いんだ」
もう　日が暮れて　星のきれいな夜だった
まるで　くもの巣に　雨のしずくが光っているようだった　そして穴のあいたくもの巣に満月が　すっぽり入り　じーっと照らしてくれた
くもは空をみつめ　むかし　むかし　燃えつきた　星の輝きが　いままで犠牲になった　虫の光にみえた
もう　ちょうは動かない
「元気を　だすんだ　朝になると　鳥や　アリに　食べられてしまうよ」
「…………」
くもは　ほとんど動けず　ちょうの横で　夜空を　じーっと　みつめていた

嫌われものの　くも　のろまで　なにをやっても　だめなくも
なかまから　ばかにされた　くもが　ちっちゃな　ちゃっちゃな涙を　ひとつぶながし
からすが　鳴くころには　死んでしまった
秋の　つめたい風が　木の枝を揺らし　パラ　パラ　パラと　星の形のもみじが　ふたつの　おわった命に　舞い降り
くもの巣は　さびしく　揺れた

# おさるのめがね

小さく　うまれた　さるの赤ちゃんは、おっぱいは　よく吸ってくれるけど　目がみえませんでした。ずーっと　お母さんから　離れることなく　餌も　とりにいけず、お母さんと群れから　追い出されてしまいました。
かわいそうな子よ　この子の　目さえみえれば……。
いつかみた人間のめがねがあれば　みえるかもしれない。
でも　ここは　山の中　お母さんは　大きな葉っぱを　ちぎって二つの穴をつくり子どもの顔に　かぶせました。「どうだい、みえるかい？」
「すぐ　とれるし、みえないよー」
「そうかい、なにが　たりないんだろうねー」

めがねには　ピカッと光った水のような　石があった。その石を探せばいいんだ。
光った石、とうめいな石……と　赤ちゃんを抱え　山の中を歩きまわりました。
川にたどりついて　水を飲み　この水が子どもの目を　おおってくれたら　とおもうのでした。
ひとつ　ふたつと　山を越えても　めがねにかわる石は　ありませんでした。
ケロ　ケロ　ケロ　ケロ　かえるが水たまりの葉っぱの上でないています。
あの粒がめがねになれたらね～と　お母さんは　みつめました。
「これをつかうといいよ、てですくってごらん」
ポロン　と　玉の水は　てのひらで　こわれてしまいました。
とうとう　寒い冬がきて　雪も降り　水たまりが　凍ってしまいました。
お母さんは　必死で氷を　はがして「よいしょ　よいしょ、ごしごし、冷たい　冷たい」
と、ふたつのレンズをつくりました。

「いいかい、みえるかい？」　そおーっと　子どもの目にあててみました。
「みえないよー、冷たいなー。そんなことばかりしないで、おなかへったよー、死にそうだよー」
はっとして　お母さんは　雪をかきわけ　赤くかちかちの指で　餌をさがしました。
ながく　きびしい　冬もすぎ　小鳥がなき春が　ようやくやってきました。
月日がたつにつれて　赤ちゃんも少し大きくなり、おんぶはできません。
お母さんは　手をひいて行動しました。
人間がかけてるめがねがあればなー
とうとう　山を　おりる決心をしました。
山里へむかうのです。
また険しい山をいくつも越えて　川にそっていきました。
やがて　小さく　家々が　みえてきました。
「お母さん、おなかへったよー」

そこでこっそり　畑にはいって　ころころに実った　いもを盗んでしまいました。
「くんくん、これは　なに？」
「いもだよ、土の　においがするだろ～、畑からとったのさ」
「お母さん　こんなことしてまで　ぼくの目のことを　心配しているんだね、でも、このままでいいよ　みえなくてもいいんだよ　だからこの先へすすむのをやめて、山に戻ろうよ」
「でも、わたしが　としをとって死んだら　どうやって　生きていくんだよ、もう少し　もう少しだから　人里へむかっていこう」
子ざるは　いもをにぎりしめ、半分べそをかいて　ついていきました。
なんと自分は　みじめに　うまれてきたんだろうと　心の中が　はち切れそうで　悲しい思いを　はじめて感じました。
やっぱり　ぼくは　一人では　生きていけないんだ……。
お母さんがいなければ　生きていけないんだ……。

一歩一歩　おそる　おそる　畑から出たとき　バキューンと鉄砲が　お母さんをかすりました。人間が　畑を荒らしたと狙っていたのです。命拾いして　山へひき返しました。
その時　お母さんは　思いました。
わるいことをして　子供にもっと罪をきせて　あー　神様許してください。
でも　私一人では　この子を幸せにすることが　できません。
赤い夕日にむかって　子ざるを抱きかかえ　涙が　ぽろぽろ　おちました。
薄暗くなって　ふくろうが　ホーホーと　なきました。
「なにを泣いているんだい。話は全部きいたよ、わたしの目は大きくて立派だが、昼間はよくみえないんだよ、鷹《たか》にたべられてしまうんだ、めがねかい？　そんなのかけてる仲間はいないね。とにかく、きょうは　ここで　ゆっくりやすんで眠るといいよ、みはってあげるから……」
お月様の光の中で　高い枝から　ふくろうは　やさしく　みつめました。

話を半分きいただけで　もう親子は　ぐっすりねていました。

はやおきの鳥のさえずりで　目覚めたら　白いキツネがそばにいました。

「わたしは　ずーっと　人間をだまして　わるいことを　いっぱいしてきたんだよ。

おかげさまで、こうして　老いぼれても　元気でいられるけど、ハッ　ハッ　もうな
がくはないさ。ふくろうさんから全部きいたよ　そのめがねとやら　どんなものだ
い？　頭に描いてごらん。二日《ふつか》だけ　わしがめがねになってやろう」

「ありがとうございます」

きつねは　頭に　大きな　葉っぱを一枚のせて、「えいっ」ころん　と
めがねになりました。ちゃんと　レンズもついています。

赤いめがね　かわいいめがねを　お母さんは　子どもにかけました。

「はっきり　みえるよ、二日だけだね」

「さー　いそいで」

お母さんは　さっそく　住みなれた　山へむかいました。仲間からおい出された群れ

に　むかったのです。
子供がめがねをかけてるときに、いっしょうけんめい教えること、そして、自分が死んだら　みまもってあげてと　伝えました。そして　子ざるの目をみて　けっして　一人では　生きていけない　けっして……。
仲間が　ひつようだと　教えたのです。
時間が　せまります。近くの川へ　むかいました。ここで水が飲めること、高い木には　こんなに　食べものがあること、人間は餌をあたえることもあるけど、恐《こわ》いこと。
鉄砲という武器をもっていると教えました。たくさん　たくさん　きれいな花やかけがえのない太陽と　空と月を　思うぞんぶんみせました。
あっという間に　二日目が　おわろうとして　朝になり、もうめがねは消えていました。
白いきつねは　さいごはいいことをして自分は死ねると　遠い遠い　山おくへ消えて

いきました。
ふたつの目、みえない目、餌は　うまくとれないけど　みんなとうまくやっていくよ。
お母さんがいなくなっても　それは　とても　悲しいことだけど
いつもめがねは　ぼくの目にくっついてるよ。
たくさんの　めがねを　ありがとう。

# 生きたカラス

ぼくは　いつも　歩いていた
もう　飛ぶことも　鳴くことも
あきらめていた

カラスじゃなくなったんだ
痛んだ羽根と　首の傷
そして　心の　悲しみで
ずーっと　歩きとおした

ぼくの強さは
ひとつの　たべものを　みつけるのに
どこまでも　機嫌よく　あるけること
ぼくを　みた　ハチさんは
「めっきり　さむくなったねー」
と　秋のタンポポの
ミツをすっている

もう　2年目の冬がくる
信号の渡り方も　覚えた
カラスには　バカにされるけど
人間は　ぼくをみて
にこにこ　してくれる

3回目の冬には　ぼくは
いないだろう
羽と　首の毛が　白くはげおちて
ずんずん　弱っていく

羽根が　抜けちゃった
空で　カラスたちがしゃべっている
あいつはもう　ながいことないよ
なにを　たべているんだか
けがをした　あいつかい？
からかって　仲間はずれにした　あいつかい
こんどは　いじめたぼくが

たすけるばんだ
死なせるものか

他のカラスは　どっかへいった
もう　くやしくなかった
体は　そのまま　カラスだけど
心は　人間になっていた

どんな家にも　家族がいたり
ひとりぼっちだったり　でも
あたたかい　心をもっている
君は　さいごは　人間で

死ぬのか？
ぼくは　カラスさ
人間じゃない
やっぱり　カラスさ

このまま　死ぬのは　こわいし
さいごは　カラスで死にたいよ
心も　弱々しくなった　ぼくの
心から　つい　本音がもれた

それなら　おれに　ついてきな
いいかい　同じことを　こわがらないで　やってごらん

きれいごとじゃないからな　生きていくって　死にものぐるい　だからな
おまえみたいに　とろーんとした目つきじゃ　カラスはやっていけない
もっと力をいれて　羽だって　空をつつむように　大きくひろげて　はばたくんだ
これから　死ぬんじゃなくて　カラスに　生まれかわるんだよ
すると　心と体の傷が　なおるんだ　死んだ　おまえを　みたって　人間は
目をそむけるだけさ　心では　あわれむだろうけど
いいかい　よーく人間を　かんさつするんだ
へんじは「カー」
そうさ　もっと高いこえをだすんだ
君は　カラスなんだよ！「カーカー」
ゴミ収集車がやってくる日　ふたのあいた
ゴミ箱を　ねらうんだ　そら　いそげ
そーっと　声をださずに　すっと　のっかって

いそいで　穴を　あけて　たべるんだ
二羽は　おなかを　みたし　満足して　もっと　もっと仲良くなった
「カーカー」「カーカー」と　交互に　ないた
その時　ぼくは　また　冬も　生きていけると　思った

車がいきかう　道路をこえて　むかいがわの電柱へ
カラスは　飛んでいった

ぼくも　あとを　おって　車に　ぶつかりそう
でも　飛べた

ぼくは　死んではいない
痛々しい羽と　首の抜けた毛も

黒く　つやが　でてきた
ぼくは　まだ　生きて　いける　けなされても　やっかいものでも
人間じゃない
カラスで　よかった
やさしい仲間に　救われたんだ
人間は　ぼくが　もう　死んじゃってんだろうって
思ってるかもしれないけど
こうして　ちゃんと　生きてるよ
なんとか　なんとか　生きてるよ

ぼくを笑うカラスも　あきれるだろうけど　いままで
虫や　草や　花と　いっぱい　話ができた

歩きとおしたけど　自由で　さびしく　なかった

今は　今は　こうして
空の自由を　かけまわる
ことを　めざしている
だから　生きるって　勇気がわいて
幸せなことなんだ
「カー　カー　カー！」

生きたカラス

信号の青が点滅した
赤になる　すれすれに
カラスは　渡りきった

よーく
みたら

仲間から　はずれた
皮ふが　むきだしの
飛べない　カラスだった

それでも目は　あどけなく光り
くちばしも　愛きょうが　あった

歩道の　石をつつき　ぽつんとした
心と　体に　傷をうけ　また　生きてるだろうし
生きなければと　遠くを　みていた

そのしぐさに　似た人間は　そこらじゅうにいる
みえないだけで　傷を　かくしている

公園の隅で　生傷を　おった
不良のカラスが　一羽　私を　にらんだ
君も　はぐれて　はずされたのかい
元々　やっかいな　一生だけど
私も　そういうことが　ある

たんこぶつくって
仕事を終えたり
忙しくって　転んだり
ただ目を開いていた
痛みって　みただけでは　わからない
しゃべらなくても
胸のところの　こころが
がんばっている

いまは　カー　カー　って　声を　だせずにいるけど心の
傷が　癒《い》えたら　立派なカラス
ざんねんに　死んじゃったら
ずーっと　きれいな空を　とべるよ　さいごまで

がんばって　生きようとしたんだから

人間
ゴリラ
ブタ
セミ
コオロギ

生きもの　すべて
同じ　仲間　似たような　一生
本能的　動物的　感情的
人間だけが
さまざまな　言葉をもっているだけ

地面に　散った　葉っぱ
青いのも　赤いのも　ある

年々　都市化されて
か細く　わずかに　聴こえる
姿なき　虫の音《ね》が
いとおしく　うしろを　ふりむかせる

同じ　同じ　くりかえしを　共に　生き
自分の　そっくりさんに　よく　会える
川原の石を　大事にもち帰る
まつぼっくりを　ひとつ

拾った
目立たない　数あるなかの　ひとつ
でも　その源は　長い年月の
ひとつにすぎない
だから　人間も　いっしょなんだ

著者プロフィール

**星田 桜**（ほしだ　さくら）

1961年４月14日生まれ
札幌市在住、二男一女の母
日々の出来事を詩に書くことで、いかに生きるか問い続けている

著書：『詩集　太陽のストーブ』（文芸社　2018年）

**詩集　12色のクレヨン**

2024年９月15日　初版第１刷発行

著　者　星田 桜
発行者　瓜谷 綱延
発行所　株式会社文芸社
〒160-0022　東京都新宿区新宿１－10－１
電話　03-5369-3060（代表）
03-5369-2299（販売）

印刷所　株式会社晃陽社



ISBN978-4-286-25661-0